© Direitos de publicação
CORTEZ EDITORA
Rua Monte Alegre, 1074 – Perdizes
05014-000 – São Paulo – SP
Tel.: (11) 3864-0111 Fax: (11) 3864-4290
cortez@cortezeditora.com.br
www.cortezeditora.com.br

Direção
José Xavier Cortez

Editor
Amir Piedade

Preparação
Alessandra Biral

Revisão
Alessandra Biral
Fábio Justino de Souza
Rodrigo da Silva Lima

Edição de arte
Mauricio Rindeika Seolin

Assistente de arte
Carolina Regonha Suster

Projeto gráfico
JJ de Menezes

Consultoria científica
Professor Helder Rodrigues Pereira

Obra em conformidade ao
Novo Acordo Ortográfico da Língua Portuguesa

Dados Internacionais de Catalogação na Publicação (CIP)
(Câmara Brasileira do Livro, SP, Brasil)

Bezerra, Wagner
O segredo da caverna: a fábula da TV e da internet / Wagner Bezerra; Silvana de Menezes, ilustrações. – 1. ed. – São Paulo: Cortez, 2011.

ISBN 978-85-249-1676-2

1. Literatura infantojuvenil I. Menezes, Silvana de. II. Título.

10-12493 CDD-028.5

Índices para catálogo sistemático:

1. Literatura infantil 028.5
2. Literatura infantojuvenil 028.5

Impresso no Brasil – agosto de 2025

Wagner Bezerra

A FÁBULA DA TV E DA INTERNET

Silvana de Menezes
ilustrações

1ª edição
4ª reimpressão

CORTEZ EDITORA

Agradeço a Heloísa Dias Bezerra, minha mulher,
parceira e companheira de todas as horas;
ao professor Helder Rodrigues Pereira,
pela consultoria científica;
a Telma Loschi e aos demais professores
e alunos da Escola Criança e Cia.;
a meus filhos queridos, Camila, Vital,
Wagnerzinho, Alê, Maria e José;
a Regina, minha mãe:
fontes de toda minha inspiração.

Em memória de
Leão de França Bezerra, meu pai,
que me ensinou que a comunicação
é um direito de todos.

Sumário

Prefácio

No início deste século XXI, ousar aproximar o universo simbólico de crianças e adolescentes de um mito alegórico de Platão, como o da caverna, é incursionar por um amplo território filosófico, bem pouco explorado no campo da educação brasileira.

Wagner Bezerra, pai, professor, pesquisador e escritor intrigado com as relações entre as linguagens audiovisuais, digitais, impressas e expressas em múltiplas telas, assume esse desafio e demonstra a possibilidade de que filosofia, educação e política possam fortalecer suas responsabilidades pela vida, pela contemporaneidade e pelo futuro de nossas crianças e adolescentes.

Sua narrativa do mito alegórico da caverna, talvez um dos mais célebres de Platão, pode familiarizar pais, responsáveis, professores e as próprias crianças e adolescentes com o sentido do que ocorre nos dias de hoje, por meio de imagens em movimento e de efeitos sonoros e visuais impostos pelas telas da televisão, dos computadores, dos celulares e de tantos outros suportes tecnológicos.

A utilização da dupla intenção pedagógica do mito, que esclarece e estimula a discussão ética, estética e até política, é uma contribuição preciosa que *O segredo da caverna: a fábula da TV e da internet* – título proposto por uma das filhas mais novas do escritor – oferece ao campo da Mídia e da Educação. Este livro, tão oportuno e interessante, é enriquecido ainda pelas belíssimas e inspiradas ilustrações da artista plástica e escritora Silvana de Menezes.

Façamos com os personagens desta narrativa o trajeto ascendente que leva ao conhecimento, à crítica e à liberdade, indispensáveis aos Direitos de Cidadania.

Regina de Assis, EdD
Consultora em Educação e Mídia

Apresentação

Imaginem uma caverna muito profunda e escura.
De tão escura, que a luz
só penetra vestida de sombras.
Lá, a realidade é somente aquilo que se consegue
ver por entre as próprias sombras.
De tão profunda, a caverna mais parece um túnel
sem-fim. Ela é toda escarpada,
cheia de ribanceiras e desfiladeiros,
como uma montanha íngreme quase impossível
de ser transposta ou escalada.
Nesse lugar habita um povo
que vive acorrentado!
É a história desse povo que nós vamos contar.

I – Doxa, o ilusionista

Numa das extremidades da caverna, imperceptível para os acorrentados, há uma pequena abertura que, sem que ninguém saiba, guarda a saída para o mundo externo. É aquilo que nós chamamos de mundo real, mas que, do ponto de vista dos acorrentados, é algo inatingível e até perigoso de ser imaginado.

As correntes que aprisionam esse povo não são de verdade, quer dizer, não são feitas de ferro, como aquelas que os escravos usavam em épocas antigas. Quem quiser saber mais sobre correntes e escravos pode pesquisar em livros de História, do Brasil e de outros países.

As correntes de que falamos são os Eikones, criaturas feitas de sons e imagens, que surgem quando são projetadas por Doxa, o acorrentador desse povo.

Doxa é um sujeito que acha que somente sua opinião é a mais importante e verdadeira. Um ilusionista, que quer a todo custo manter os acorrentados prisioneiros no mundo das sombras.

No fundo da caverna, há uma enorme parede, onde os acorrentados se aglomeram, alguns bem pertinho dos outros, por causa do frio, da umidade e de certo medo que sentem.

Todos os dias, Doxa exibe os Eikones para os acorrentados, figuras que ora imitam pássaros, ora cobras, ora dragões enormes, que se mexem e parecem ágeis na grande parede. Em outras vezes, os Eikones representam a imagem de uma flor, que até faz movimentos, mas não tem cheiro, nem luz, nem cor.

Doxa projeta os Eikones, que são somente sombras, como se fosse aquela brincadeira em que se utilizam as mãos imitando figuras com as sombras na parede. Uma brincadeira antiga, até muito comum quando falta energia elétrica e, nessa hora, as pessoas acendem velas para iluminar suas casas. O que para as crianças é apenas um divertido passatempo, para os acorrentados representa a realidade, a única possível.

Todos os acorrentados que habitam a temível caverna escura vivem nessa situação há muito tempo, assim como seus antepassados, de geração após geração. Faz tanto tempo que estão acorrentados, que já nem percebem sua real condição de prisioneiros.

II – Eikones, os mitos encantados

Bem próximo aos acorrentados, há uma pequena parede, não aquela grande do fundo da caverna, mas uma pequena divisória localizada na frente de uma fogueira.

Muito bem escondido, sem que nenhum dos acorrentados possa vê-lo, o terrível Doxa utiliza a claridade emitida pela fogueira para fazer aparecer, entre a pequena e a grande parede, os Eikones: figuras, objetos e imagens criados segundo suas convicções e imaginação.

Nesta fábula, os Eikones são animações mágicas a serviço de Doxa, é claro. Eles se apresentam como mitos, quer dizer, pessoas ou objetos cujas imagens foram inventadas por alguém; logo, não existem de verdade, por isso, não podem ser questionados.

O papel deles é entreter, encantar, manipular, amedrontar, divertir e informar os acorrentados. Fazem de tudo para que estes não questionem, não se rebelem e, principalmente, não tentem fugir da caverna e continuem ali, vivendo segundo as regras estabelecidas, aceitando tudo o que Doxa decidir oferecer ou apresentar. De um jeito passivo, sem conflito, sem rebeldia.

Assim, usando a luz da fogueira direcionada sobre os objetos, Doxa e seus Eikones conseguem, como em um passe de mágica, projetar nas sombras da grande parede da caverna imagens que encantam, informam, divertem, educam e, de certa forma, satisfazem a pouca fome de saber dos acorrentados.

Segundo a percepção de alguns dos acorrentados, os Eikones têm a capacidade de representar costumes, hábitos e tradições desse povo.

As tais figuras projetadas por Doxa que, como já vimos, só acredita na própria opinião, querem transmitir aos acorrentados que tudo o que é projetado na grande parede do fundo da caverna acontece em nome da preservação da cultura e do bem-estar desse povo.

O pior é que os acorrentados, em sua maioria, realmente acreditam que gostam dessa situação e vivem – coitados! – completamente alienados, olhando o tempo todo, fixamente, para a grande parede.

Quase todos os acorrentados, tanto os mais velhos quanto os mais jovens (incluindo meninos e meninas, pais e mães), acreditam que as imagens projetadas na parede são a única realidade possível de ser contemplada. O que não percebem é que são somente sombras e nada mais.

III – Episteme, a libertadora

Um dia, depois de muito tempo, Episteme, uma das acorrentadas que, embora insatisfeita, aprendeu a admirar as estranhas flores projetadas pelo Doxa, descobre que é capaz de se libertar das tais correntes imaginárias, representadas pelos Eikones, as sombras animadas.

Episteme, depois apelidada de "libertadora", percebeu que as correntes eram apenas uma ilusão criada por alguém que possuía o interesse secreto de que todo aquele povo permanecesse submisso e dependente.

Esse alguém era o egoísta Doxa, o ilusionista, aquele que, sem o menor pudor, utiliza as sombras apenas para iludir. Aquele que sabe manipular tão bem as imagens que consegue manter os acorrentados hipnotizados sob o domínio da magia, sem que, até então, jamais, nenhum deles tentasse encontrar outro lugar melhor para viver.

Tudo o que Doxa deseja é que os prisioneiros passem a vida toda pensando que o mundo é somente aquilo que projeta na parede da caverna. Aquelas imagens lavadas que, embora aparentemente interessantes, não possuem volume, nem cores, nem profundidade, sendo tão opacas quanto ele mesmo. Pura ilusão!

Cansada de viver dominada pelas sombras, Episteme descobre que, se conseguir caminhar, subir por entre as pedras parede acima e vencer as escarpas, os labirintos e os íngremes despenhadeiros, vai encontrar a abertura e, finalmente, sair da caverna.

Depois de muito planejar, ela decide ir sozinha. Sem dizer nada a ninguém, parte na sua aventura solitária. São tantos dias e noites de dura caminhada e tantos perigos enfrentados que, ao final, perde a noção do tempo, que dia é e onde está.

Já quase sem forças, finalmente, Episteme encontra a saída da caverna. Uma vez do lado de fora, imaginem qual é sua primeira sensação? Ela não está feliz. Não comemora. Não dá atenção às cores, às flores, aos odores do novo mundo que acaba de descobrir.

Exatamente naquele momento, que deveria ser pleno de alegria, Episteme começa a sentir uma intensa e terrível dor nos olhos. Esse mal-estar é denominado fotofobia, quer dizer, aversão à luz, à claridade, pois até aquele dia tinha vivido nas sombras, na escuridão do fundo da caverna. Por isso, seus olhos não estão acostumados a tanta luminosidade.

Toda aquela dor tem um significado maior que o sentido físico: é a dor do conhecimento, da descoberta. Tão insuportavelmente intensa para quem está somente acostumado à realidade das sombras e à fraqueza dos acorrentados

IV – Eidos, a ideia, a libertação

Os dias passam e Episteme percebe que, se insistir em explorar os limites dessa descoberta, vivenciando plenamente a liberdade, logo se acostumará à luz e terá uma vida inteiramente nova, com outros prazeres, encontros, descobertas, possibilidades e principalmente outra percepção da realidade.

O melhor é que, a partir de então, toda a realidade, como as flores que ela tanto admirava como sombras na caverna, aparece de um jeito diferente, em um novo conceito. As flores apresentam cores muito mais intensas, formas inusitadas e surpreendentes, cada qual com várias dimensões e perfumes maravilhosos.

Enquanto Episteme reflete sobre tudo o que acabara de encontrar, que se apresenta diante de seus olhos brilhantes e curiosos, tem a sensação de que mais alguém está ali escondido, espiando tudo silenciosamente.

De repente, surge por detrás de uma moita um menino com jeito traquina, gordinho e sorridente. O nome dele é Eidos, que traz um grande livro, quase de seu tamanho; segundo ele, ali estão o conhecimento, as ideias elaboradas, ou seja, a libertação.

Daquele momento em diante, Eidos e Episteme tornam--se parceiros, amigos fraternos e, juntos, decidem que ainda há muita coisa a ser feita, até que nossa fábula possa, finalmente, ter um final.

Então Eidos diz a Episteme que a liberdade não é um bem que possa ser privilégio de um ou dois escolhidos apenas. Para ele, a verdadeira liberdade deve ser compartilhada por todos – amigos, povos, países, etnias, famílias, bichos –; enfim, toda a natureza em comunhão.

Em uma breve reunião, os dois têm uma ideia que, a princípio, parece meio maluca, como a maioria das ideias inovadoras. Eles decidem que o passo seguinte será voltar à caverna e contar aos demais, que permanecem acorrentados ao medo e às vontades de Doxa, que no exterior da caverna existe um mundo novo: o universo do conhecimento.

Eidos e Episteme sabem que aquela não será uma tarefa fácil. Para eles, ir à caverna e ajudar a quebrar as correntes imaginárias que condenam os acorrentados ao atraso, ao medo e à submissão, é mais que um desejo, é uma missão, algo que realmente precisa ser feito. Portanto, o jeito é seguir adiante.

A essa altura, talvez vocês estejam imaginando que, para encerrar esta fábula com um final legal, precisamos revelar a

vitória do conhecimento sobre o mundo das sombras, quer dizer, a libertação dos acorrentados, a derrota das opiniões de Doxa e o desaparecimento dos Eikones; além, é claro, da triunfante celebração de Eidos e Episteme, que deverão fazer uma grande festa.

Para que essa aventura pelo conhecimento tenha um final feliz, é preciso compreender que, para Eidos e Episteme, é muito importante tentar mostrar aos acorrentados as infinitas formas de encontrar o conhecimento, não apenas derrotar Doxa. Assim, poderão escolher livremente onde e como querem viver.

Ao retornar à caverna para anunciar que lá fora há muito mais oportunidades para todos adquirirem conhecimento, nossos heróis poderão até não ser compreendidos pelos acorrentados. É um risco que terão de correr, pois, iludidos pelas sombras, alguns acorrentados certamente tentarão resistir a outra possibilidade de realidade.

É bom lembrar que, até aquele momento, os acorrentados não sabem que, fora da caverna, há outras formas de vida na natureza, com aromas, beleza e cores muito mais interessantes que os da caverna. Além disso, como nada na vida é fácil, é necessário ter muita coragem para ir além das sombras, mas, assim como Eidos e Episteme, quem for capaz de experimentar a rebeldia de buscar o conhecimento, onde quer que este se apresente, jamais vai se arrepender.

V – A moral da história

Após toda essa aventura, que tal fazermos uma análise observando a atitude dos acorrentados diante da grande parede, comparando-os às pessoas que não conseguem se concentrar em outra coisa a não ser televisão e internet? Nem acordam direito e vão ligando o computador e a TV, tomam café em companhia deles, almoçam, lancham, jantam e, se duvidar, vão dormir sem sequer desligar nenhum deles.

Será que enxergar e perceber o mundo somente pelas telinhas da TV ou pela internet, incluindo redes sociais, como Twitter, MSN, Facebook, Orkut, MySpace, Last.fm, Ning, Vimeo, Flickr, Tumblr, Rraurl, Second Life, ICQ, Skype, Digg e YouTube, entre outras, não nos transformam em uma espécie de acorrentados?

Tudo bem, vocês vão dizer que existem muitos *sites* e programas com opções legais tanto na TV quanto na rede, e nisso todos concordamos. De fato, há campeões de acesso e audiência que oferecem possibilidades e conteúdos que conseguem unir educação e entretenimento de qualidade.

Mas, para Episteme e Eidos, todas essas aventuras no acesso ao lazer e à informação ainda são limitadas. Alguém que descobriu a verdadeira aventura do conhecimento, para saciar a fome do saber, pode exigir muito mais que aquilo que lhe é oferecido apenas por alguns canais transmissores de informação.

Além disso, como vimos no caso da caverna, era necessário prestar bastante atenção ao significado dos Eikones e ao conteúdo das imagens projetadas pelo Doxa, para perceber suas reais intenções. Na fábula, eles queriam demonstrar que, embora se assemelhassem a diversas coisas – vasos, flores, bichos, aves, etc. –, essas imagens nada mais eram do que sombras.

O problema é que, tanto no caso da televisão quanto da internet, em meio a *sites*, programas e conteúdos bacanas, deliciosos de assistir e consumir, existem outros que, de forma semelhante a Doxa, não respeitam opiniões diferentes, ou muito menos quem está assistindo ou acessando.

Quem conhece pelo menos um endereço de *site* ou um programa de TV que parecem legais, mas, na verdade, são verdadeiros lixos? E a TV e a internet não são lugares de lixo, não é mesmo?

Podemos dizer que o lixo da mídia é tudo o que contém temas, formatos, abordagens que bem poderiam ter sido feitos por Doxa, ou seja, programas e *sites* que insistem em iludir os telespectadores e internautas. Divulgados como muito bons, quando, na verdade, não têm nada de bom a oferecer, apenas lixo.

Programas que não respeitam os telespectadores, por exemplo, o público infantil, apresentando, em qualquer horário, cenas lamentáveis de violência; ou *sites* que sugerem que as pessoas precisam comprar uma série de bugigangas para serem felizes. Muitas vezes, esses itens são supérfluos, mas só porque caíram na rede ou foram veiculados pela TV todo mundo deseja comprar. Conteúdos que desrespeitam a inteligência do internauta ou do telespectador que, por pura passividade, passa dias inteiros diante das telinhas e telonas, olhando as sombras como se elas tivessem vida, assim como faziam os acorrentados.

Ao lembrarmos de como Episteme começou a se livrar de Doxa, podemos constatar que ela estava perdendo a paciência com as atrações que ele exibia na grande parede. Na verdade, havia muito tempo que Episteme não concordava com aquilo tudo, mas acabava aceitando somente por comodismo e pura passividade diante do meio.

Episteme rompeu com essa passividade diante do único meio de comunicação, informação e entretenimento que havia disponível na caverna, ou seja, a programação apresentada por Doxa. E, como vimos, foi muito bom para ela.

Afinal, como Episteme demonstrou, as oportunidades de adquirir conhecimento são infinitas e estão em toda parte: na escola, no cinema, no teatro, nos livros, nas revistas em quadrinhos, nas histórias contadas por nossos pais e avós, nas conversas com a família e com os amigos, na música e, é claro, também na internet e na própria TV.

Ela nos mostra que a liberdade de escolha, a mais importante de todas as liberdades e o maior tesouro que o ser humano pode conquistar, é derivada do conhecimento e do aprendizado.

Sites e canais de TV que apresentam conteúdos de qualidade podem ser considerados aqueles que se assemelham ao mundo sem correntes, ou seja, que ajudam a nos enxergar como realmente somos, a entender o mundo a nossa volta com o que de melhor ele tem para nos oferecer. Esse é o oposto daquilo que compõe o lixo midiático, do qual já falamos, que pode representar o mundo das sombras, dos acorrentados.

Se vocês tivessem de aconselhar seus amigos de escola a escolher entre o lixo da mídia e os conteúdos de qualidade da TV e internet, o que fariam? Tentariam contar-lhes que existem outras opções de conhecimento? Ou deixariam tudo como está?

Tal como nesta fábula, no princípio, pode até ser que os "acorrentados" pela TV e pela internet não consigam compreender a importância dessa mudança, porque estão acostumados a conviver com o lixo produzido pela mídia. Mas, possivelmente, depois de um bom bate-papo sobre o tema, eles também descobrirão as maravilhas da diversidade dos conteúdos e da programação de diversos meios de informação.

A lição mais importante que esta fábula nos apresenta é que, se não nos modificarmos a ponto de decidirmos enfrentar a acomodação diante daquilo que é oferecido por alguns *sites* e canais de TV, pode ser que, um dia, nos esqueçamos também da existência de um mundo muito melhor que o apresentado em muitas telinhas e telonas.

Lembremo-nos de que Doxa fazia do mimetismo, ou seja, de sua imitação da realidade, uma forma de manter os acorrentados eternos prisioneiros. Como percebeu Episteme, a conquista do conhecimento e da liberdade só depende da escolha de cada um.

É preciso aprender a escolher. Mas essa aventura nós deixamos para vocês!

Glossário

Esta história foi baseada no pensamento de Platão (428/427–348/347 a.C.), filósofo e matemático que viveu na Grécia Antiga. Seus personagens foram construídos a partir de seu pensamento. Assim, para que vocês possam se aproximar das considerações desse admirável filósofo, organizamos este pequeno glossário:

Acorrentados: situação das pessoas que permanecem por muito tempo apenas em atitude passiva de contemplação diante de determinada realidade. Não se manifestam, não interagem de fato, não apresentam novas propostas ou reinterpretações, sendo os consumidores passíveis de toda e qualquer informação.

Doxa: segundo Platão, essa palavra significa "opinião". Para ele, a opinião é um pensamento e uma fala que fica apenas na primeira impressão, como se se mantivesse indestrutível em nossas mentes. Permanecer na primeira impressão seria aceitar tranquilamente tudo aquilo que nos transmitem como verdadeiro. Doxa não faz perguntas, não questiona, e, por isso, não consegue evoluir seu conhecimento.

***Eidos*:** concepção adquirida pela atividade de pensar e questionar, não pela simples ação consumista. Para ser livre, é preciso abraçar as ideias adquiridas a partir da busca contínua e ininterrupta do conhecimento.

***Eikones*:** falsos conhecimentos, ou conhecimentos limitados proporcionados pela doxa, pela opinião. Eles pretendem ser toda a verdade possível sobre determinada coisa, pessoa ou fato. Para progredir, é preciso destruir alguns deles que, muitas vezes, nos transmitem uma falsa segurança.

Episteme: na filosofia de Platão, episteme é o contrário de doxa, ou simples opinião. Assim, seria o conhecimento que se demonstra, que se adquire pela conversa e pelo debate. Para alcançar o conhecimento, não se pode admitir a passividade. Por isso, episteme é a postura ativa de questionamentos e intervenções.

Fotofobia: aversão à luz. Pode-se compreendê-la como a negação do que é novo e propõe uma nova forma de ser, de viver e de compreender tudo o que sabemos. Na verdade, nossas convicções particulares nos dão segurança; por isso, muitas vezes, temos aversão, repúdio e até ridicularizamos o que se apresenta como inédito. Logo, preferimos a repetição, a imitação, não a inovação.

Mimetismo: capacidade de certos animais de imitar a natureza buscando autoproteção. É uma forma de se confundir com o meio ambiente e enganar os predadores. Segundo a filosofia platônica, esse subterfúgio pode significar falta de autenticidade. Então, seria melhor seguir o que todos seguem e acreditar no que todos acreditam que se mostrar diferente e, portanto, estar desprotegido. Platão não aceita a mimésis, ou seja, a imitação, por considerar que as pessoas devem não se proteger, mas abrir-se para o conhecimento.

Wagner Bezerra é midiaeducador e pesquisador. Escritor nas áreas de Educomunicação e Alfabetização Midiática, é autor do livro *Manual do telespectador insatisfeito* (Summus Editorial, 1999). Foi diretor e roteirista de programas de educação a distância, como *TV Escola* e *Plantão da Língua Portuguesa*, produzidos na TVE/RJ, entre 1996 e 1998. Graduou-se em Marketing pela Universidade do Norte do Paraná (Unopar), com especialização em Políticas Públicas pela Escola de Políticas Públicas e Governo, da Universidade Federal do Rio de Janeiro (UFRJ). Para entrar em contato com o autor, acesse: wagnerbezerra@cienciaearte.com

Silvana de Menezes é natural de Belo Horizonte, onde se graduou em Belas Artes, com habilitação em Cinema de Animação pela UFMG. Atua em vários segmentos artísticos, como escritora e artista plástica. Atualmente possui 16 livros publicados, entre os quais se destacam a Coleção Pensarte, de filosofia para crianças, da Cortez Editora, e *Tão longe... tão perto*, da Editora Lê, ganhador do Prêmio Jabuti 2008 na categoria Melhor Livro Juvenil.